A long, long, long, time ago a Spanish ship sailed across the Gulf of Mexico. On this ship a baby horse was born. His mother named him ZOBO, which in horse language means "the place of the Shadow."

mucho, mucho, mucho, tiempo de un barco español navegaba por el Golfo
de México. En este barco, nació un caballo del bebé. Su madre llamó
Zobo, que a su caballo lengua significa Zobo Cuando intentó levantarse,
era difícil "el lugar de la sombra.";

When Zobo tried to stand up it was hard; the sea rocked the ship and made him very wobbly. His mother told him he needed to learn how to use his Sea Legs. It took Zobo a few days to learn how and even then he sometimes stumbled. That didn't stop him though as he wandered all over the ship. He even went up on deck and walked around in the warm sun. He was the only horse allowed on the deck of the ship.

Cuando Zobo trató de levantarse era difícil, el mar sacudió el barco y lo hizo muy inestable. Su madre le dijo que tenía que aprender a utilizar sus piernas marineras. Tomó Zobo unos días para aprender a utilizar sus piernas marineras y aún así a veces tropezó. Eso no le impidió sin embargo y vagó por toda la nave. Incluso subió a cubierta y se dirigió en el sol caliente. Él era el único caballo permitido en la cubierta del barco.

On the deck there was not only warm sunshine but Zobo saw a whole lot of water, water everywhere he looked. One day he walked over to the edge of the deck and looked over. He saw, next to the ship, funny little things running alongside. He was so excited he almost fell overboard. Lucky for him that the man who fed his mother grabbed him back from the edge before he fell.

.En La cubierta no sólo hubo sol caliente pero Zobo vio una gran cantidad de agua, agua por todas partes que parecía. Un día se acercó al borde de la cubierta y miró por encima. Vio, al lado de la nave, pequeñas cosas divertidas que bordea. Estaba tan excitado que casi se cae por la borda. Por suerte para él que el hombre que alimenta su madre le agarró del borde antes de caer!

The man then took Zobo back down to the lower deck where his mother was staying. When Zobo saw his mother he asked about the funny colorful things in the water. His Mother told him that they were creatures like him but they lived in the water. They were called "fish" she said. Zobo said they weren't like him, they had no legs. She laughed and said they have fins so they can swim in the water. Their fins are like our legs. Zobo was still confused. He and his mother had legs; even the man had legs, only two, but legs all the same and the fish that were creatures like him had fins. This was very strange he thought but his mother was very smart so he knew she was right. Still it was strange to him.

. Entonces el hombre tomó Zobo volver a bajar a la cubierta inferior, donde su madre se alojaba. Cuando Zobo vio a su madre le preguntó acerca de las cosas de colores divertidos en el agua. Su madre le dijo que eran criaturas como él, pero que vivió en el agua. Ellos fueron llamados "peces", dijo. Zobo dicho que no eran como él, que no tenía piernas. Ella se rió y dijo que tienen aletas para que puedan nadar en el agua. Sus aletas son como nuestras piernas. Zobo todavía estaba confundido. Él y su madre tenía piernas, incluso el hombre tenía las piernas, sólo dos, pero las piernas todos los mismos y los peces que había criaturas como él tenía aletas. Esto era muy extraño, pensó, pero su madre era muy inteligente, de modo que sabía que ella tenía razón. Aun así, era extraño para él.

After a few weeks of sailing and watching the strange creatures with no legs called "fish" Zobo had great Sea Legs. He could stand up and even run, no matter how rough the sea got he never fell down. Why, he wasn't even wobbly anymore. One day the ship stopped. It was nice and peaceful, he noticed that the man who fed his mother was building something. It was a big pole with a strap on the end of it that went out over the edge of the top deck. He saw the man put the strap around his mother. He was curious and started to walk to his mother to ask what it was when the next thing he knew his mother was gone. The Strap thing had grabbed her and took her over the edge of the deck.

Después de unas semanas de navegación y observación de las extrañas criaturas sin piernas que se llama "pez" Zobo tenía unas piernas marineras. Podía ponerse de pie e incluso correr, no importa cuán difícil el mar consiguió nunca cayó. ¿Por qué, ni siquiera estaba tambaleante más. Un día, el barco se detuvo. Fue agradable y tranquilo, se dio cuenta de que el hombre que alimenta su madre fue la construcción de algo. Fue un gran palo con una correa en la parte final de la misma que salió por encima del borde de la cubierta superior. Vio que el hombre puso la correa alrededor de su madre. Tenía curiosidad y comenzó a caminar a su madre para preguntarle lo que era cuando lo siguiente que supo que su madre se había ido. La Correa cosa la había agarrado y se la llevaron al borde de la cubierta.

Zobo didn't know what to do! He ran to the edge of the deck and looked over the side down to the water, where he saw his mother swimming for the shore! She was swimming just like the fish. He wondered how she could do that without fins. Then it hit him, this was the first time he was this far away from his mother, and he was starting to get scared. Just then a man grabbed him and put the strap around him.

Zobo no sabía qué hacer! Corrió hacia el borde de la cubierta y miró por la
borda hasta el agua, donde vio a su madre a nadar hacia la orilla! Ella
estaba nadando al igual que el pescado. Se preguntó cómo podía hacer eso
con las piernas. Entonces cayó, esta fue la primera vez que estaba tan lejos
de su madre, que estaba empezando a tener miedo. En ese momento, un
hombre lo agarró y se puso la correa a su alrededor. Por un lado de la nave
que iba.

Zobo didn't know what to do. The pole lifted him and the strap up over the deck and down into the water. The water was cold and Zobo was scared. Just then he heard his mother yelling from the shore telling him what to do and to his surprise it worked! He was swimming! Just like the fish, and he didn't have fins!

Zobo no sabía qué hacer. El polo de él y la correa levantado sobre la
cubierta y hacia abajo en el agua. El agua estaba fría y Zobo estaba
asustado. En ese momento escuchó a su madre gritar desde la orilla le diga
qué hacer y para su sorpresa funcionó! Estaba nadando! Al igual que el
pescado, y él no tenía aletas!

In a few minutes he made it to shore. He was able to feel the ground under his hoofs as he ran out of the water. He was safe, very wet but safe. He ran to his mother, very happy to see her.

En unos minutos se hizo llegar a la orilla. Fue capaz de sentir el suelo bajo sus cascos mientras corría fuera del agua. Estaba a salvo, muy húmedo pero seguro. Corrió a su madre, muy feliz de verla.

As he walked he noticed that the strange stuff under his hoofs was not the same as on the ship. It was much softer and it sank a little as he walked on it. He also noticed that it didn't move. When he began to walk with his mother and the other horses he was wobbly again! His mother laughed "Now you have to get your Land Legs" she said. Zobo then said "Mother every time we go somewhere different do we have to get new legs." All the horses laughed and his mother said no this was the only other set of legs he would need.

Mientras caminaba, se dio cuenta de que la extraña cosas bajo sus pezuñas no era el mismo que en el barco. Era mucho más suave y se hundió un poco mientras caminaba sobre ella. También se dio cuenta de que no se movió. Cuando empezó a caminar con su madre y los otros caballos que estaba suelta de nuevo! Su madre se rió "Ahora usted tiene que conseguir sus piernas de la tierra", dijo. Zobo luego dijo "madre cada vez que vamos a un lugar diferente tenemos que conseguir nuevos piernas?" Todos los caballos se rió y su madre dijo que no era el único otro par de piernas que iba a necesitar.

Over the next few months Zobo became the favorite of all the soldiers and the Captain too, because of this he was allowed the freedom of the camp. He knew all the tents by heart and everyone who was in each just as well. All the soldiers like Zobo because he was very playful and liked to show off.

En los próximos meses Zobo se convirtió en el favorito de todos los soldados y el capitán también, debido a esto se le permitió la libertad del campo. Conocía todas las tiendas de campaña de memoria y todos los que estaban en cada uno igual de bien. Todos los soldados le gusta Zobo porque era muy juguetón y le gusta presumir.

Sometimes Zobo would run and play far from camp. On his way back he would often wonder about the trees that skirted the edge of the camp. They were too far from his mother and the other horses and so he didn't want to go there. But one day he got real curious about what was in the trees and he decided he would find out.

A veces Zobo sería correr y jugar lejos del campamento. En su camino de regreso iba a menudo se preguntan acerca de los árboles que bordeaban el borde del campo. Estaban demasiado lejos de su madre y los otros caballos y por eso no querían ir allí. Pero un día se puso muy curioso acerca de lo que había en los árboles y se decidió que lo averiguaría.

The first venture into the trees was scary, but of course Zobo wasn't scared, he was a brave horse, nothing scared him. He heard strange sounds and saw birds that looked like the Sea Gulls he often saw when he was on the ship, but they were darker and smaller. At first he was brave and not scared but as he wandered farther and deeper into the trees they got bigger and the sounds got stranger so he became a little nervous, not scared, but just nervous. He had never been in a place so dark in the middle of the day. Finally, he decided it was time to go home, he was really getting VERY nervous. He decided when he got back to camp he would ask his mother about what he saw.

La primera aventura en los árboles daba miedo, pero por supuesto Zobo no tenía miedo, era un caballo valiente, nada le daba miedo. Oyó ruidos extraños y vio las aves que se parecían a las gaviotas a menudo veía cuando él estaba en el barco, pero eran más oscuro y más pequeño. Al principio se mostró valiente y no tiene miedo, pero mientras caminaba más y más profundamente en los árboles que se hicieron más grandes y los sonidos consiguió extraño por tanto se hizo un poco nervioso, no miedo, pero nerviosa. Nunca había estado en un lugar tan oscuro en la mitad del día. Finalmente decidió que era hora de volver a casa, él realmente estaba muy nerviosa. Se decidió a su regreso al campamento que pedirá a su madre acerca de lo que vio.

When he got back to camp and told his mother what he saw he was surprised to see she got very angry at him. "That is the forest, bad things are in there, and they are VERY dangerous, you are NEVER to go there again, do you understand?" "Yes mama" Zobo said as he stood with this hind legs crossed.

Cuando regresó al campamento y le dijo a su madre lo que vio, se sorprendió al ver que ella se puso muy enfadado con él. "Ese es el bosque, las cosas malas están ahí, y son muy peligrosos, que de ningún modo pueden ir allí de nuevo, ¿entiende?" "Sí mamá" Zobo dijo mientras se levantaba con esta patas traseras cruzadas.

No matter how dangerous it was, Zobo wanted to know what was in the
forest that made those strange sounds. So one day he gathered up all his
courage and walked back into the forest. Like before, it was dark and
scary, but he wasn't afraid, a little nervous, but not scared. This time he
went farther in then he had ever gone before. It was darker and the noises
were louder and stranger. All of a sudden he thought he saw another
horse. It was behind some trees but it had to be a horse. Zobo hid because
he wasn't supposed to be there but his curiosity got the best of him and he
looked out of his hiding place and saw it was not a horse after all. Zobo
thought maybe it's a cow, a strange looking cow but what else could it be?
When it saw Zobo the strange cow darted away. "Wait!" Zobo called and
to his surprise it stopped and turned toward him.

No importa lo peligroso que era, Zobo quería saber lo que había en el bosque que hizo esos sonidos extraños. Así que un día él juntó todo su valor y volvió a entrar en el bosque. Al igual que antes, era oscuro y aterrador, pero que no tenía miedo, un poco nervioso, pero no miedo. Esta vez fue más lejos en lo que nunca había ido antes. Estaba más oscuro y los ruidos eran más fuertes y más extraño. De repente le pareció ver otro caballo. Se fue detrás de unos árboles, pero tenía que ser un caballo. Zobo ocultó porque no se suponía que debía estar allí, pero su curiosidad pudo más que él, y él parecía fuera de su escondite y vio que no era un caballo después de todo. Zobo pensó que tal vez se trata de una vaca, una vaca que mira extraño, pero ¿qué otra cosa podría ser? Cuando se vio Zobo la extraña vaca salió disparado. "¡Espera!" Zobo llama y para su sorpresa se detuvo y se volvió hacia él.

They stared at each other for a few minutes before they got any closer but finally the cow said to Zobo "you can talk." "Of course I can talk I'm not human you know." Because every animal knows humans have lost the ability to talk, they can only make sounds that have no meaning. "I've never seen anything like you before" the cow said staring curiously at Zobo. "Me neither" Zobo replied as he stepped closer, also staring inquisitively. "You're a real skinny cow" Zobo said. "What's a cow?" the creature asked. "One of those things back at camp the humans keep in the pens". "I'm not a cow and what are humans?" the creature asked. "Humans are the two legged things that feed us back at camp. Don't you have any human's? I have many, a whole camp full. They are good, they build me shelters and brush me when I get dirty and do whatever I want them too."

Se miraron el uno al otro durante unos minutos antes de que llegaran más cerca pero finalmente la vaca dice que Zobo "se puede hablar!" Zobo respondió: "Por supuesto que puedo hablar no soy humano que sabe. Debido a que cada animal sabe humanos han perdido la capacidad de hablar, sólo pueden emitir sonidos que no tienen significado. "," Nunca había visto algo así antes ", dijo a la vaca mirando con curiosidad a Zobo. "Yo tampoco" Zobo dije mientras daba un paso más cerca, también mirando inquisitivamente. "Eres una vaca flaca real", dijo Zobo. "¿Qué es una vaca?", Preguntó la criatura. "Una de esas cosas de nuevo en el campo de los seres humanos guardan en los corrales", respondió Zobo. "No soy una vaca y cuáles son los seres humanos?", Preguntó la criatura. "Los seres humanos son las dos cosas patas que nos alimentan en el campamento. ¿No tienes cualquier ser humano de? Tengo muchos, un campo entero por completo. Están bien, me construir refugios y me cepillan cuando consigo sucio y hacen lo que yo les quiero ... "

Sounds like they would be fun to have, can I have one of yours?"   "What would a cow do with a human?" asked Zobo. "I AM NOT A COW, I AM DEER!" "What's a deer?" Zobo said. "Boy are you dumb!" the deer replied." "I am NOT dumb!" Zobo yelled. "If you're so smart then what am I?" Zobo asked. The deer looked for a moment and then said "A spotted Llama?" "No, I'm a horse" Zobo said proudly cocking his head high. We horse's take humans all over the land and even sometimes on the water, We horses are explorers.

"Suena como que sería divertido tener, puedo tener uno de los suyos?", Preguntó la criatura. "¿Qué haría una vaca con un ser humano?", Preguntó Zobo. "NO SOY UNA VACA, soy un ciervos!" "¿Qué es un ciervo?", Dijo Zobo. "Y vaya que usted tonto!", Respondió el ciervo. "" No soy tonto! "Gritó Zobo. "Si eres tan inteligente, entonces lo que soy yo?", Preguntó Zobo. El ciervo miró por un momento y luego dijo: "Un manchado de la llama?" "No, yo soy un caballo" Zobo dijo con orgullo ladeando la cabeza alta. "Nosotros tomamos caballos seres humanos por todo el país e incluso a veces en el agua, caballos Nosotros somos exploradores!"

The little deer looked impressed, even if she didn't want to show it. "Really! Even into the water?" "Yep" Zobo confirmed smugly, "My Name is Zobo." The colt introduced himself as he pranced around her. "What's your name?" My name is Castillia." She said as she now pranced around him. "Castillia, I like that it tickles my tongue." Castillia and Zobo played and wrestled in the woods all that day. The colt snuck out of camp every day to play with his new friend, Castillia. They became fast friends.

El pequeño ciervo parecía impresionado, incluso si ella no quiere mostrarlo. "¡De Verdad! Incluso en el agua? "" Sí "Zobo confirmó con aire de suficiencia," Mi nombre es Zobo. "El potro se presentó como él brincaba a su alrededor. "¿Cuál es su nombre?" Mi nombre es estilo castellano. "Dijo mientras ahora cabriolas a su alrededor. "Estilo castellano, me gusta que me hace cosquillas en la lengua." Estilo castellano y Zobo jugaban y luchaban en el bosque todo el día. El potro se coló fuera de campo de todos los días para jugar con su nuevo amigo, estilo castellano. Se convirtieron en amigos rápidamente.

After a few weeks of playing with his new friend Zobo saw another deer. This deer was larger than Castillia and had horns, big, sharp, horns. When he saw Zobo he came running straight at him! Zobo wanted to run but stood his ground bravely He felt he had to defend Castillia because he thought the big deer wanted to hurt them. The big deer stopped a few paces from Zobo and stared down menacingly at the colt, but Zobo didn't flinch.

Después de unas pocas semanas de jugar con su nuevo amigo Zobo vio otra ciervos. Este ciervo era más grande que estilo castellano y tenía cuernos, grande, agudo, cuernos. Cuando vio Zobo vino corriendo directamente hacia él! Zobo quería correr, pero se mantuvo firme con valentía Él sentía que tenía que defender estilo castellano porque pensaba que el ciervo grande quería hacerles daño. El gran ciervo se detuvo a unos pasos de Zobo y se quedó mirando amenazadoramente al potro, pero Zobo no se inmutó.

Castallia stepped out from behind Zobo giggling, "Its Ok Zobo, this is my big brother Strag." She then looked at Strag and said "Strag this is my friend Zobo; he's a horse!" Strag angrily snap at his sister, "I know what he is Castillia, He's one of the creatures that hurt our mother and father." With that he stepped between Zobo and Castillia still staring down threateningly at Zobo.

Estilo castellano salió de detrás de Zobo risas, "No está mal Zobo, este es mi hermano mayor Strag." A continuación, miró y dijo Strag "Strag este es mi amigo Zobo; él es un caballo! "Strag enojo complemento a su hermana:" Yo sé lo que es estilo castellano, Él es una de las criaturas que perjudican a nuestra madre y el padre ". Con eso se interpuso entre Zobo y estilo castellano sin dejar de mirar hacia abajo amenazador Zobo.

Zobo was confused Castallia was looking at Strag with disbelieving eyes as she pondered the words of her brother. She turned to Zobo and asked "Is this true Zobo do you want to hurt us?" Zobo shook his head and yelled "NO" As he ran toward them "I would never hurt you." "But your friends have!" Strag said as he swung his antlers at the charging Zobo. "You stay away from my sister" Strag said as he lowered his antlers at Zobo. Zobo stopped immediately at the sight of the sharp antlers pointed at him. He just stood and watched in disbelief at what had just happened as Strag and Castallia disappeared into the trees.

Zobo estaba confundido estilo castellano estaba mirando Strag con ojos incrédulos mientras se ponderó las palabras de su hermano. Se volvió a Zobo y preguntó "¿Es esto cierto Zobo? ¿quiere hacernos daño? "Zobo sacudió la cabeza y gritó" NO "Mientras corría hacia ellos" Nunca te haría daño. "" Pero sus amigos tienen! "Strag dijo mientras giraba su cornamenta en el Zobo carga. "Aléjate de mi hermana", dijo Strag mientras bajaba sus astas en Zobo. Zobo detuvo inmediatamente a la vista de los cuernos afilados apuntando a él. Se quedó parado y observó con incredulidad ante lo que acababa de suceder como Strag y estilo castellano desapareció entre los árboles.

As Zobo walked back to the camp he pondered over the words that Strag had said but Zobo knew he was mistaken and he was going to prove it. He had always been told by his mother and all the horses, that fighting was not the way to solve problems. Always look for another way, only use force to protect oneself, every animal knows that. He shook his head because he knew Strag was wrong and he would prove it. He needed to ask his mother some questions.

Como Zobo regresó al campamento reflexionó sobre las palabras que había dicho Strag. Zobo sabía que estaba equivocado y que iba a demostrarlo. Siempre había sido informado por su madre, y todos los caballos, que la lucha no era la manera de resolver los problemas. Siempre busque otra manera, sólo usar la fuerza para protegerse a sí mismo, cada animal sabe. Él negó con la cabeza porque sabía que estaba mal y Strag lo demostraría. Necesitaba preguntarle a su madre algunas preguntas.

As Zobo neared the camp he noticed something strange; the whole camp was busy. It seemed that some of the animals had been hurt. He smelled blood and many of the horses and humans were covered in it. He saw his mother and she was covered in blood! He was afraid but as he neared her he realized that it wasn't her blood but it was coming from the creature on her back. Before he was pushed back by one of the humans he saw to his horror that the animal she was carrying was a deer and it was their blood he smelled.

A medida que se acercaba al campo de Zobo notó algo extraño; todo el campo estaba ocupado. Parecía que algunos de los animales había sido herido. Olió la sangre y muchos de los caballos y los seres humanos se refiere en el mismo. Vio a su madre y ella estaba cubierta de sangre! Tenía miedo pero a medida que se acercaba a ella se dio cuenta de que no era su sangre, sino que venía de la criatura en la espalda. Antes de ser empujado hacia atrás por uno de los seres humanos que vio con horror que el animal que llevaba era un ciervo y fue su sangre que olía.

After finally getting near his mother he asked "what happened to the deer." She was surprised Zobo knew what the creature was "They are dead Zobo." "Dead?", Zobo yelled, "why are they dead?" Because Zobo, humans kill and eat the flesh of other creatures. Zobo was crying now. Strag was right humans were killing deer and the horses were helping them, even his mother. "Mother why do we help them," Zobo asked. "If we don't then they would eat us instead", his mother replied.

Finalmente, después de conseguir cerca de su madre le preguntó "¿qué pasó con el ciervo?" Ella se sorprendió Zobo sabía lo que la criatura era "Están muertos Zobo." "Muerto?", Zobo gritó, "¿por qué están muertos?" "Porque Zobo , los seres humanos matan y comen la carne de otras criaturas. "Zobo estaba llorando. Strag fue seres humanos correctas estaban matando ciervos y los caballos estaban ayudando a ellos, incluso su madre! "Madre ¿por qué nos ayuda?", Preguntó Zobo. "Si no, entonces nos iban a comer en su lugar", respondió su madre.

This shocked Zobo. He was bewildered, ashamed, and hurt all at the same time. "Come with me Zobo, I'm going to wash", his mother said. His head hung low as tears dropped from his face. "This is our life" his mother said "I know it's hard to understand but this is why humans take care of us; so we can help them with things they can't do easily themselves. Do you understand?" "No, I don't understand it", said Zobo. She sighed and smiled a little and said "you will someday."

Esto sorprendió Zobo. Estaba confundido, avergonzado, y el dolor, todo al mismo tiempo. "Ven conmigo Zobo, voy a lavar", dijo su madre. Con su cabeza agachada mientras las lágrimas cayeron de su rostro. "Esta es nuestra vida", dijo su madre "Sé que es difícil de entender, pero esto es por qué los humanos cuidan de nosotros, para que podamos ayudarles con cosas que no pueden hacer fácilmente a sí mismos. ¿Entiendes? "" No, no lo entiendo ", dijo Zobo. Suspiró y sonrió un poco y dijo que "se quiere algún día."

It had been several weeks before Zobo decided that he was going to try and find Castallia again. For many days he had been telling himself that he needed to listen to his mother and that he should learn to get used to the human's ways. They may seem unfair but they work for the horses. Yet he couldn't stop feeling the rage welling up inside of him. He couldn't stop feeling ashamed for all the horses. He wanted to talk to Castillia again, he wanted his friend back and he wanted the world to go back to where it was before he found out about the way humans did things.

Hacía varias semanas antes de Zobo decidió que iba a tratar de encontrar de nuevo estilo castellano. Durante muchos días que había estado diciendo a sí mismo que necesita para escuchar a su madre y que él debe aprender a acostumbrarse a los caminos de la humanos. Puede parecer injusto, pero para las que trabajan los caballos. Sin embargo, no pudo dejar de sentir la rabia crecía dentro de él. No podía dejar de sentir vergüenza para todos los caballos. Él quería hablar de nuevo estilo castellano, que quería que su amigo de vuelta y él quería que el mundo volver a donde estaba antes de que se enteró de la forma en que los humanos hacían las cosas.

The humans and his mother were out again, so he decided to leave the camp without being seen. Castillia wasn't where she usually was, so he sniffed the air for her scent. He found where she had been but could not find her. He walked for hours, but to no avail. He checked places they usually played, in the thicket, by the stream, in the thorny bushes, he even walked into the tall grass, where he was told by everyone never to go. But Castillia was not to be found.

Los seres humanos y su madre estaban fuera de nuevo, por lo que decidió salir del campo sin ser visto. Estilo castellano no estaba donde ella normalmente era, por lo que olfateó el aire por su olor. Encontró dónde había estado, pero no pudo encontrarla. Caminó durante horas, pero fue en vano. Comprobó lugares que suelen reproducirse, en la espesura, por la corriente, en los arbustos espinosos, incluso entró en la hierba alta, donde se le dijo por todo el mundo que nunca debe ir. Pero no fue estilo castellano que se encuentran.

Zobo was now getting worried. He began calling for her, he ran through the woods, jumped logs, dodged low branches, avoided rocks, for something deep inside told him that she was in terrible trouble. He was filled with a deep sense of urgency and fear as he ran through the forest as fast as he could.

Zobo ahora estaba empezando a preocuparse. Él comenzó a llamar para ella, corrió por el bosque, saltó troncos, ramas bajas, esquivó rocas se evita, por algo muy dentro de él le dijo que era un problema terrible. Estaba lleno de un profundo sentido de urgencia y el miedo mientras corría por el bosque tan rápido como pudo.

Suddenly he burst onto a clearing. He heard a loud commotion and saw a
man riding his mother. He, was carrying a poker and advancing on Castillia.
Zobo was afraid and uncertain, he couldn't stand against his mother but
yet he couldn't let the humans hurt Castillia! He stood lost in indecision.
Just then Castillia saw Zobo and yelled "ZOBO HELP ME!"

De repente irrumpió en un claro. Oyó una fuerte conmoción y vio a un hombre montado en su madre. Él, portaba un póker y avanzando con el estilo castellano. Zobo tenía miedo e incierto. No podía estar en contra de su madre, pero aún no podía permitir que los seres humanos duelen estilo castellano! Se quedó perdido en la indecisión. En ese momento vio Zobo estilo castellano y gritó "Zobo! ¡AYUADAME!"

The moment he heard Castillia's terrified voice his mind was made up, he had no choice he couldn't stand by and see his friend hurt! He flattened his ears and pawed the earth and bolted forward. "LEAVE HER ALONE!!!!" As he charged his mother and rammed into her, knocking her off balance and rescuing Castillia.

En el momento en que escuchó la voz aterrorizada de estilo castellano su mente estaba hecha, no tenía otra opción que no podía mantenerse al margen y ver a su amigo herido! Se aplastó las orejas y pateó la tierra y echó el cerrojo hacia adelante. "Dejarla sola !!!!", cuando después de su madre y chocó contra ella, dejándola fuera de balance y el rescate de estilo castellano.

Zobo now stood between Castillia and his mother and the rider. The rider, who had lost his poker, just stared down at the familiar colt with a shocked expression on his face. But it wasn't him Zobo was concerned with, it was his mother. She stared at him with disapproval and said "Zobo what have you done." "I saved my friend and I'm not ashamed!" yelled Zobo. She looked at Zobo with a smile and said "and you should not be Mi hijo." Just then they heard more horses coming and Zobo's mother told him and Castillia to RUN. Just then he saw that the humans had turned their pokers toward him. Zobo and Castillia bolted as they saw his mother rearing up trying to stop the other horses. Castillia said "hurry Zobo run with me!".

Zobo ahora se encontraba entre estilo castellano y su madre y el jinete. El piloto, que había perdido su póquer, se limitó a mirar hacia abajo en el potro familiarizado con una expresión de asombro en su rostro. Pero no era él Zobo estaba preocupado con, que era su madre. Ella lo miró con desaprobación y dijo "Zobo qué has hecho?. " "! Me salvó mi amigo y no me da vergüenza", gritó Zobo. Miró a Zobo con una sonrisa y dijo "y no debe ser mi hijo." En ese momento escucharon más caballos que iban y madre de Zobo él y estilo castellano dijo que corriera. Zobo vio que los seres humanos se habían vuelto sus atizadores hacia él. Zobo y estilo castellano atornillados al ver a su madre de crianza de tratar de detener a los otros caballos. Estilo castellano dice "darse prisa Zobo! ¡Corre conmigo!".

Not knowing what else to do Zobo ran. They both ran as fast as they could, in and out of the bushes and underbrush. Finally they found a hiding place and they lay down and were very quiet. Zobo couldn't believe that another horse was trying to kill him, these were his friends. So many thoughts raced through his head, another horse was trying to kill him and Castillia because a human wanted him to. This made Zobo angry and that anger gave him strength. He was no longer exhausted, he wanted to fight, he would fight all the humans and all the other horses before he would let harm come to Castillia.

Sin saber qué más hacer Zobo corrió. Ambos corrieron tan rápido como pudieron, dentro y fuera de los arbustos y la maleza. Finalmente encontraron un escondite y se hayan definido y eran muy tranquilas. Zobo no podía creer que otro caballo estaba tratando de matarlo, estas fueron sus amigos. Así que muchos pensamientos pasaron por su cabeza, otro caballo estaba tratando de estilo castellano y matar a un ser humano, porque quería que él. Esto hizo Zobo enojado y que la ira le dio fuerzas. Ya no estaba agotado, que quería luchar, iba a luchar todos los seres humanos y todos los demás caballos antes de que dejaría que el daño venga a estilo castellano!

After what seemed to be a long time Castillia poked her head up from their hiding place behind some very large tree roots. She noticed that the riders and horses were gone and the woods were quiet again. "I think it's safe now," she said, tucking herself back down under the root with Zobo. Zobo was hardly listening he was so filled with rage, guilt, shame, but also pride. A nuzzle from Castallia brought him back, thank you Zobo you saved my life. I would have died if it weren't for you. But even as she uttered those words she started to cry. "Why are you crying?", Zobo asked as he nuzzled her trying to be comforting. "Its Strag "she said, "they killed him". Zobo remembered he smelled the scent of blood when he entered the clearing. He hung his head, for he felt guilty for what his mother and the other horses had done.

Después de lo que parecía ser un largo tiempo de estilo castellano asomó la cabeza para arriba de su escondite detrás de unas raíces muy grandes árboles. Se dio cuenta de que los jinetes y caballos se habían ido y el bosque eran de nuevo en silencio. "Creo que es seguro ahora", dijo, metiendo a sí misma hacia abajo en la raíz con Zobo. Zobo apenas escuchaba que estaba tan lleno de rabia, culpa, vergüenza, sino también el orgullo. Un nuzzle de estilo castellano lo trajo de vuelta ", Gracias Zobo me salvaste la vida. Habría muerto si no fuera por ti ". Pero incluso al pronunciar esas palabras se puso a llorar. "¿Por qué lloras?", Preguntó Zobo mientras acariciaba su tratando de ser reconfortante. "Su Strag", dijo, "lo mataron". Zobo recordó que olía el olor de la sangre cuando entró en el claro. Él bajó la cabeza, porque se sentía culpable por lo que había hecho su madre y los otros caballos.

He told Castallia he was sorry for what had happened and he would try to never let it happen again. Castallia said it wasn't his fault, it was the others. She told Zobo she was grateful to have such a good friend as him and hoped they would always be friends. Zobo swore that they would always be friends, as they both drifted off to sleep under the root of the big tree. Both with heavy hearts for what they had lost this day.

Le dijo a estilo castellano que lamentaba lo que había sucedido y que trataría de que nunca vuelva a suceder. Estilo castellano, dijo que no era su culpa, fue a los otros. Ella dijo Zobo que estaba agradecido de tener un buen amigo como él y esperaba siempre serían amigos. Zobo juró que siempre serían amigos, ya que ambos se durmió bajo la raíz del árbol grande. Ambos con corazones pesados de lo que habían perdido el día de hoy.

The next morning Zobo woke before Castallia and he left the shelter of the tree root. He had a lot of thinking to do, he had to clear his head. He felt he needed to be alone so he walked from the tree. He knew for sure he never wanted to see another human again and surprisingly he felt that way about horses also. He knew he would miss his mother he already was missing her, but he knew he couldn't go back they would kill him and probably the horses would help. He felt lost.

A la mañana siguiente se despertó antes de Zobo estilo castellano y abandonó el refugio de la raíz del árbol. Él tenía un montón de ideas para hacerlo, tuvo que aclarar su cabeza. Él sentía que necesitaba estar solo por lo que salió del árbol. Él sabía a ciencia cierta que no quería volver a ver a otro ser humano y, sorprendentemente, se sentía de esa manera sobre caballos también. Él sabía que iba a perder a su madre, que ya faltaba ella, pero sabía que no podía volver. Lo iban a matar y, probablemente, los caballos ayudarían. Se sentía perdido.

Zobo was alone for a while before Castallia found him, "Are you Ok?" she asked. "Yes, But I just don't know what to do." "I Know you gave a lot up to save me Zobo", Castallia said. Zobo smiled weakly and replied, "I couldn't let them hurt you. I only wish I had gotten there earlier." "What are you going to do now, are you going to stay in the woods?" Castallia asked. "I don't know, what are you going to do now?" Zobo asked Castallia. "Are you going to stay?" "Not in these woods, I'll go to where my mother came from on the other side where the sun goes."

Zobo fue solo por un tiempo antes de estilo castellano lo encontró, "¿Estás bien?", Preguntó. "Sí, pero yo no sé qué hacer." "Sé que le dio una gran cantidad de hasta salvarme Zobo", dijo estilo castellano. Zobo sonrió débilmente y respondió: "No podía dejar que te hagan daño. Me gustaría que sólo había conseguido antes. "" ¿Qué vas a hacer ahora? ¿Se va a permanecer en el bosque? ", preguntó estilo castellano. "No sé, ¿qué vas a hacer ahora?", Preguntó Zobo. "¿Te vas a quedar?" Estilo castellano respondió "No en estos bosques, voy a ir a donde mi madre vino desde el otro lado donde se pone el sol."

Zobo watched her leave knowing he couldn't follow. He wondered what it would be like. He was now alone, without his mother, without any other horse, he had just lost his best friend Castallia. As Castallia disappeared into the trees He just stared into the vastness of the land where the sun goes but he knew somehow, even though he was alone, he felt he would be alright. With that knowledge in his heart he turned to where the sun was going, broke into a light gallop and started off for he had decided he was an explorer and like those horses who had come before him, he would explore.

Zobo vio salir sabiendo que no podía seguir. Se preguntó cómo sería. Ahora estaba solo, sin su madre, sin ningún otro caballo, que acababa de perder a su mejor amigo Castallia. Como Castallia desapareció entre los árboles Se quedó en la inmensidad de la tierra donde se pone el sol pero sabía que de alguna manera, a pesar de que estaba solo, sentía que estaría bien. Con ese conocimiento en su corazón se volvió hacia donde iba el sol, se rompió en un galope luz y partió hacia él había decidido que era un explorador y como esos caballos que habían llegado antes que él iba a explorar.

Isbn # 1-58707-019-0
Copyright 2015

Isbn # 1-58707-019-0